KB273527

찰칵,
여기
마음
하나

찰칵, 여기 마음 하나

송미혜 외

제주에서 피어난 디자인 이야기

한그루

효돈중학교,
디카시로 피어난
70편의 이야기

가만히 사진을 들여다보면 그 속에 이야기가 피어납니다. 흔들리는 풀 한 포기, 키 작은 나무 한 그루, 창밖의 구름 한 조각, 마주친 눈빛 하나에도 마음이 머무르고, 그 마음이 시가 됩니다. 디카시를 처음 알게 되던 날, 저는 느꼈습니다. 우리 아이들의 마음에 흐르고 있는 감성을 꺼내줄 따뜻한 그 무엇이 필요하다는 것을요.

디카시를 만난 날,
설레임으로 피어난 작은 새싹

2021년, 효돈중학교에 디카시라는 씨를 뿌리고 작은 새싹을 피웠습니다. 시를 어렵다고 느끼던 아이들이 사진을 찍기 시작했습니다. 그리고 다섯 줄 이내의 문장에 느낌을 얹으며 디카시를 완성해 가는 모습을 보았습니다. 아이들이 키워 가는 디카시 나무를 상상하며 많이 설레었습니다. 이은솔 시인을 초청하여 진행한 첫 수업은 잊을 수 없습니다. 아이들의 눈빛은 반짝였고, 표현하지 못했던 마음은 조용히 피어나기 시작했습니다. 그 후 매해 이은솔 시인은 우리 학교의 디카시 수업을 진행하며 효돈중학교의 가족이 되어 디카시 새싹에 양분을 주고 있습니다.

사진은 아이들에게 마음을 여는 열쇠가 되었고, 시는 그 마음을 세상에 건네는 창이 되었습니다. 교실에서 피어난 시 한 줄이 아이들의 자존감을 높여 주었습니다. 그 시절, 우리는 사진과 시 속에서 서로를 이해하며 주변을 알아갔고, 무엇보다 자신을 바라보는 법을 배우며 작은 철학자도 되었습니다.

네 권의 디카시집,
나무로 자라난 사계절의 마음

『태양을 대신해(1집)』는 첫걸음이었습니다. 많이 서툴지만 진심을 담은 디카시들을 모아 전교생이 참여하는 시집을 발간했습니다. 처음 시작은 정말 무모할 만큼 어설펐지만, 『피아노처럼(2집)』에서는 아이들의 감정이 건반 위에서 섬세하게 울렸고, 『보이는 향기(3집)』에서는 자연과 존재에 대한 사유가 향기가 되어 은은하게 퍼졌습니다. 『어떤 우정(4집)』에서는 관계와 성장, 우정, 그 마음이 연결되어 디카시 나무로 잘 자라고 있습니다.

해마다 디카시집을 발간하며 함께 읽고, 쓰고, 나누는 동안 아이들이 '학교에 오면 마음이 편해져요'라며 행복해하는 모습에 저도 또한 행복했습니다. 대화마다 디카시를 얘기하며 '우리 이 정도면 디카시 중독 아니에요?'라는 선생님들의 시원한 웃음을 들으며 즐거웠습니다. 그리고 '선생님의 꿈이 아이들의 꿈이 되고 그 꿈이 학부모의 꿈이 되는 우리 학교가 좋아요'라는 학부모님들의 진정성을 보며 감사했습니다. 이렇듯 이 네 권의 디카시집은 나와 우리 모두의 일상의 기록이 되었습니다.

학교를 넘어,
마을로 뻗어나간 나무

디카시는 학교 담장을 넘어 마을로 그 가지를 펼쳐나갔습니다. 전시회를 열고, 지역 축제에서 작품을 나누고, 감귤 박람회 공모전에서 수상하는 기쁨도 누렸습니다. 교직원과 학부모님도 함께 디카시를 쓰며, 어느덧 디카시는 우리를 하나로 이어주는 소통의 길이 되었습니다.

2024년부터는 마을 축제 속에서 우리 학교가 주관한

디카시 공모전을 열었고, 2025년에는 '효돈구경(9景) 디카시 공모전'을 열어 마을 전체가 디카시를 향유하는 축제로 성장했습니다. 우리들의 디카시를 보고 감동한 이웃이 전시회에 찾아오고, 문학이 삶과 연결되는 놀라운 경험들이 이어졌습니다.

아이들을 바라보면 정말 행복해집니다. 교장실 앞을 지나가다 눈이 마주치면 두 팔로 하트를 그리고는 온몸을 흔들며 까르르 웃는 아이들, 무슨 그리 할 말이 많은지 끝도 없이 재잘거리는 아이들, 그 아이들과 함께 디카시를 쓰며 저는 조금씩 시인으로 무르익어가고 있습니다.

늘 아이들 생각이 마르지 않는 선생님의 사랑을 담았고(50쪽, 「선생님」), 기회가 왔을 때 주저하지 않고 시도하는 강한 의지를 갖는 아이들 모습을 기대했고(90쪽, 「기회」), 존재만으로도 충분히 사랑받아야 하는 아이들을 노래했습니다(132쪽, 「개성」). 그리고 그 아이들을 영원히 기억하고 싶은 제 소망을 그려보았습니다(172쪽, 「미련」). '스승을 가르치는 제자'라는 글을 쓴 적이 있습니다. 디카시를 쓰는 우리 아이들은 저에게 삶의 큰 스승입니다.

아름다운 삶이 묻어난
마음으로 쓴 70편의 이야기

올해는 효돈중학교 개교 70주년이 되는 해입니다. 그동안 발간한 네 권의 디카시집에서 70편을 골라 디카시 선집 『찰칵, 여기 마음 하나』를 엮게 되었습니다. 이 작업은 결코 쉽지 않았습니다. 한 편 한 편마다 아이들의 얼굴이 떠올랐고, 그 시절을 함께 한 선생님들과 학부모님들의 모습이 스쳐갔기 때문입니다. 어떤 디카시는 너무 맑고 예뻐서, 또 어떤 디카시는 너무 아파서 마음에 오래 머물렀습니다.

이 선집은 단지 '좋은 시'를 모은 것이 아닙니다. 마음을 움직인 사진과 그 감정이 묻어나게 쓴 시, 진심이 느껴지는 말, 누군가에게 닿았던 마음 한구석의 아련한 그것들을 고스란히 담았습니다. 저는 작가이며 교장으로서, 아니 시를 좋아하는 어른으로서, 이 디카시들을 고르며 아이들, 선생님들 그리고 학부모님과 함께한 추억을 다시 그리고 싶었습니다. 그리고, 디카시 16편에 대한 사연과 느낌을 작가의 시선으로 다시 음미해 보았습니다. 이것이 이 디카시 선집 『찰칵, 여기 마음 하나』의 진정한 의미입니다.

이 길에 함께해 준
모든 분들이 키워갈 큰 나무

『찰칵, 여기 마음 하나』는 한 권의 책 이상의 의미가 있습니다. 이 책을 보는 분들이 따뜻한 시선으로 사진과 시 속에 담겨 있는 진심을 보게 된다면, 우리들의 디카시는 또 하나의 열매를 맺는 큰 나무로 커 갈 것입니다.

이 책은 디카시집 한 권의 종착점이 아니라 또 다른 시작을 위한 쉼표입니다. 지금 이 책을 펼치고 있는 당신이 언젠가 사진을 찍고, 뭉클한 마음을 꺼내어 시를 쓰고, 그 디카시를 마음에 두고 있는 누군가에게 건네는 날이 오길 바랍니다.

이 길은 마음을 나눈 많은 분들과 함께 걸어온 따뜻한 여정이었습니다. 즐겁게 시인의 길을 걸어 준 아이들, 늘 기다리며 따뜻하게 곁을 지켜준 선생님들, 무한한 신뢰를 담고 동행해 준 학부모님들, 그리고 언제나 우리 곁에서 문학을 사랑해 준 지역사회 여러분께 깊이 감사드립니다.

2025년 6월
디카시로 피어나는 효돈에서
송미혜

1부

오래 머무는 마음_관계의 풍경

16 화해 고하은

18 소개팅 현준우

20 짝사랑 오하린

22 하나가 모이면 국정인

24 인간관계 양지성

26 고향의 향기 이예림

28 관계론 김태욱

30 졸업앨범 홍민서

32 착각 현혜정

34 투정 김나영

36 로미오와 줄리엣 김예지

38 너희 둘 장수진

40 나의 마에스트라 김근희

42 Royal DaMin Tea 조은애

44 가을우체국 김혜경

46 어머니 변경옥

48 아빠 강미숙

50 선생님 송미혜

2부

물결치는 마음_너라는 계절을 지나며

58 사춘기 이연주

60 행복한 순간은 눈 깜짝할 사이에 한여진

62 어른에 대하여 김혁균

64 사랑니 김은찬

66 호우주의보 김서연

68 속마음 유가연

70 운명의 이중주 고나은

72 들켜버린 속마음 서유설

74 새학기 이예림

76 사춘기 오정우

78 동네스타 김세준

80 과속방지턱 김슬우

82 데뷔 김정미

84 런웨이 한지선

86 표창장 현혜정

88 학교가 살아 움직인다! 이유빈

90 기회 송미혜

3부

바람이 물들인 마음_고요한 안부

98   태양을 대신해 유가연

100   휴식 김서연

102   소소한 행복 한지우

104   웃음꽃 유다현

106   산책 김지우

108   연예인 오수민

110   시처럼 너도 김하윤

112   블루홀 허숨비

114   국가대표 김인하

116   예술 작품 고현

118   고요한 선물 오화진

120   이별 준비 강정아

122   코끼리가 바라던 세상 강민경

124   나의 바람 유가윤

126   바톤터치 김병욱

128   구름의 옷장 송은주

130   그라데이션 김태희

132   개성 송미혜

4부

꽃 피우는 마음_단단해지는 조각들

140　피아노처럼　강진우

142　보이는 향기　강보미

144　패션(Passion)　현서원

146　돌의 다짐　김예리

148　너처럼　이채은

150　시련의 계절　홍대영

152　어떤 우정　유가희

154　파란 하늘　김혜찬

156　아름다운 도전　김완숙

158　꿈　윤기은

160　귤 맛 노을　정시아

162　지금 여기 우리　김세호

164　#가능성#희망#행복　강미주

166　내 나이가 어때서　강정아

168　길 잃은 빛이 올 때까지　김정미

170　저 길 끝에서　권회경

172　미련　송미혜

1부 오래 머무는 마음

관계의 풍경

화해

내가 먼저 풀어본다

굳게 닫혔던 우리 마음

고하은
2023년 1학년

소개팅

찰칵, 여기 마음 하나

돌할머니를 기다리고 있다

몸에 구멍이 나도록 기다리고 있지만

그러나

돌할머니는 오지 않는다

소개팅에 차였나 보다

현준우
2023년 1학년

짝사랑

소심한 나

멀리서만 볼 수 있는

누가 나 좀 밀어줬으면

오하린
2023년 1학년

하나가 모이면

찰칵, 여기 마음 하나

하나가 있다

또 하나가 온다

하나가 또 온다

열이 되었다

열이 되었지만 우린 모두 하나다

국정인

2022년 2학년

인간관계

뜻하지 않게

다가오기도 하고

뜻하지 않게

멀어지기도 한다

양지성

2022년 2학년

고향의 향기

  찰칵, 여기 마음 하나

나무도, 산도, 집도, 강아지도,

모두 숨죽여

할머니를 기다린다

할머니가 오면

마침내 풍경이 완성된다

이예림
2024년 3학년

관계론

흔들리는 꽃과

흔드는 바람

흔들리는 나와

흔드는 너

김태욱

2024년 3학년

졸업앨범

아직도 기억 난대

그만큼

나이 먹은 딸이 있는데도

홍민서

2023년 2학년

내 울타리 안에서

내가 심은 나무에서

달콤하게 무르익으면

다 내 것이 될 줄 알았다

현혜정
학부모

투정

넌 너무 이기적이야

항상 말도 없이 찾아오잖아

한편으론 좋기도 해

너가 있어 외롭지 않거든

김나영
2024년 1학년

로미오와 줄리엣

  찰칵, 여기 마음 하나

선생님 신발이 짝짝이에요
어? 그러네!

정신없이 신고 나와보니
다른 신발 둘이 같이 있다

서로가 너무 보고 싶었나 보다

김예지
선생님

너희 둘

똑같이 한 배에서 낳은 새끼인데
어찌도 이리 다를 수 있나
너희 둘은 어느 별에서 와서
어디로 가는 걸까?

장수진
학부모

나의 마에스트라

찰칵, 여기 마음 하나

바지 자락 올려 거꾸로 세상 보며

작고 서툰 손짓으로 선율을 그리고

황홀한 엇박자로 리듬을 맞춘다

오늘도 너의 지휘를 기다리며

그 리듬에 맞춰 힘을 낸다

김근희
선생님

Royal DaMin Tea

  찰칵, 여기 마음 하나

엄마가 좋아하는 커피

서로 만들겠다며
아웅다웅하는 다윤이와 민준이

아, 엄마도 매일 받고 있었구나
그 사랑을

조은애
선생님

가을우체국

찰칵, 여기 마음 하나

오색빛 찬란한 가을 오면

사계절 그리움 가득 담아 보낸

내 편지의 답장이 올 것만 같아

'가을엔 편지를 하겠어요'

콧노래를 흥얼거리던 나의 엄마로부터

김혜경
선생님

어머니

김치 가정가라

송키들 가정가라

양손 들고 오며

그리움 두고 옵니다

변경옥
교감

아빠

찰칵, 여기 마음 하나

심심해서 밉다고 팽개친 꽃

무심히도 피어나니

심심해 밉다 했던 사람

무심히 떠올라서 밉네

강미숙
교감

선생님

저마다 제 색깔로 꽃피워

함께 어우러져 빛날 수 있도록

또 또

그저 아이들 생각

송미혜

교장

1부
오래 머무는 마음
관계의 풍경

화해

내가 먼저 풀어본다
굳게 닫혔던 우리 마음

- 고하은(2023년 1학년)

　다툰 친구와 어긋난 마음을 어떻게 풀어볼까 고민한 하은이는 풀린 운동화 끈에서 화해의 실마리를 떠올렸습니다. 그리고 가만히 들여다보다 섬세한 감성과 놀라운 통찰력으로 이렇게 멋진 디카시를 썼습니다. 이 작품은 제민일보 '소하의 디카시 산책'에 소개되었고, 제3회 시마청소년작품상을 받으며 널리 알려졌습니다. 사진과 시로 표현하는 디카시의 매력을 잘 보여주고 있습니다.

착각

내 울타리 안에서
내가 심은 나무에서
달콤하게 무르익으면
다 내 것이 될 줄 알았다

- 현혜정(학부모)

부모는 자식에게 무한한 사랑을 줍니다. 그런데 우리는 그 사랑이 부모로서 아이에게 품게 되는 지나친 기대와 어쩌면 착각일 수도 있다는 것을 잘 모르지요. 열매 속에서 사랑과 염려, 희망과 불안을 동시에 꺼내 보이는 이 디카시는 아이를 키우는 부모의 마음을 오롯이 비춰주었습니다. 부모로서 참 공감이 되는 작품입니다.

로미오와 줄리엣

선생님 신발이 짝짝이에요
어? 그러네!

정신없이 신고 나와보니
다른 신발 둘이 같이 있다

서로가 너무 보고 싶었나 보다

- 김예지(선생님)

    소규모 학교에 단 한 명의 체육 선생님, 바빠도 너무 바쁩니다. 신발을 짝짝이로 신고 수업에 나선 체육 선생님의 디카시는 웃음과 감동을 주고 있습니다. 바쁜 일상 속에서도 아이들과 수업을 마친 후, 자신만의 시선을 놓치지 않는 김예지 선생님의 디카시가 정겹습니다.

       찰칵, 여기 마음 하나

선생님

저마다 제 색깔로 꽃피워
함께 어우러져 빛날 수 있도록

또 또
그저 아이들 생각

- 송미혜(교장)

아이들 이야기에 온종일 웃고, 걱정하고, 설레었던 그
시절, 저는 아이들을 정말로 사랑했던 교사였습니다.
그런데, 우리 학교에는 그런 선생님이 참 많습니다. 아이
들을 위해서라면 무엇이라도 할 듯한 선생님들, 무엇을
봐도 그저 아이들 생각을 하고 또또 생각하는 선생님들.
그런 선생님들이 있기에 우리 학교는 늘 봄입니다.

2부 물결치는 마음

너라는 계절을 지나며

사춘기

언제 터질지 모르는 불꽃

화가 나지만 참을 거야

한 번을 터져도

화려하게 터질 거야

이연주

2024년 1학년

행복한 순간은 눈 깜짝할 사이에

찰칵, 여기 마음 하나

시간은 아이스크림처럼

느긋하게 먹고 싶지만

자꾸만 빨리 녹아내린다

한여진
2024년 2학년

어른에 대하여

그래 그리 쉽지 않겠지

멋진 나무가 되는 건

하지만 얼마나 큰 나무가 될지

모르는 거잖아

김혁균
2024년 1학년

사랑니

비뚤어져도 괜찮아

쓸모없다고 생각하지 않아

김은찬
2024년 1학년

호우주의보

졸업이다

엉엉엉

폭발한 나의 눈물샘

김서연
2024년 3학년

속마음

찰칵, 여기 마음 하나

다 보이는 것 같아도
안 보이는 것도 있다
다 아는 것 같아도
모르는 게 있다

유가연
2023년 3학년

운명의 이중주

찰칵, 여기 마음 하나

나의 인생처럼

나의 심장박동 수처럼

점점 거세지네

누군가에겐 고난과 역경이

누군가에겐 설렘과 떨림이

고나은
2024년 3학년

들켜버린 속마음

고생을 많이 했나 보다

상처가 곳곳에 있는걸 보니

그래서 그런가

무심코 속마음이 나오나 보다

입금이란 글자를 남겨놓은 걸 보니

서유설
2021년 2학년

새학기

누구나 느꼈을 그 감정
떨리는 마음을 주체하지 못해
쏟아지는 햇빛이
나를 반기네

이예림
2023년 2학년

사춘기

하루에도 몇 번이고

기뻤다, 슬펐다, 화났다 변하는

나는 감정에 휘둘려

이리저리 흔들린다

오정우

2022년 1학년

동네스타

찰칵, 여기 마음 하나

알아봐 주는 사람

얼마 없지만

셔터 소리 끝날 때까지

웃어준다

김세준
2024년 2학년

과속방지턱

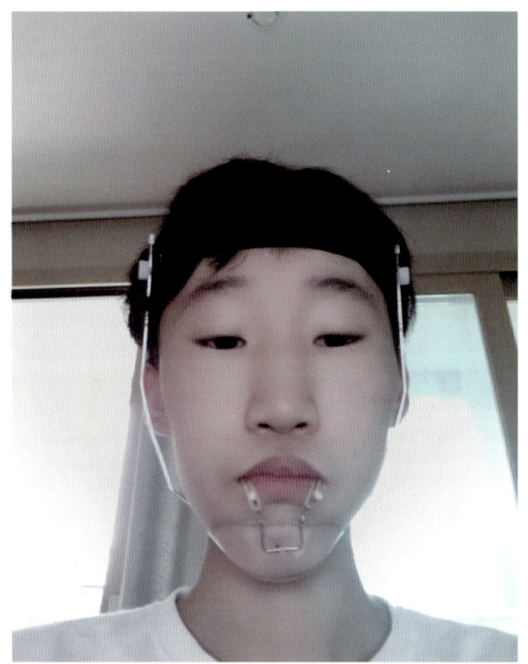

사람들이 밖에서 자면
턱이 돌아간다고 한다
난 밖에서 안 잤는데
턱이 돌아갔다

김슬우
2024년 1학년

데뷔

　　　　　　　　　　　　　　　찰칵, 여기 마음 하나

365개의 오디션을 거쳐

드디어 무대에 오를 시간

김정미
학부모

런웨이

찰칵, 여기 마음 하나

가을이 걸어간다
박수갈채를 받으며
바람의 환호소리를 들으며

쏟아지는 스포트라이트
여기, 바로 우리의

한지선
학부모

표창장

찰칵, 여기 마음 하나

항상 예의 바른 말투와

친절한 설명으로

우리 가족의 모범이 되므로

현혜정
학부모

학교가 살아 움직인다!

찰칵, 여기 마음 하나

이 학교가 좋다

나의 변화를 위해 움직이던 학교

시간은 빨리 지나갔지만

나에겐 배움이었다

한 순간 한 순간이

이유빈
2023년 3학년

기회

두 마음이

평행선을 달린다

소리 없이 강한 힘이

요란스런 핑계를 밀어낸다

가보지 않고 말하지 마라

송미혜

교장

물결치는 마음
너라는 계절을 지나며

사춘기

언제 터질지 모르는 불꽃
화가 나지만 참을 거야
한 번을 터져도
화려하게 터질 거야

- 이연주(2024년 1학년)

　어디로 튈지 모르는 사춘기를 잘 지내고 화려하게 터지는 불꽃이 되겠다는 연주. 2024년 쇠소깍축제 디카시 공모전에서 대상을 받은 연주는 디카시로 더 웃음이 많아졌습니다. 이 디카시를 보며 '아이들이 무엇을 좋아하고 잘하는지 자세히 보자. 그리고 믿고 기다리는 어른이 되자.'라고 다짐하게 되었습니다.

어른에 대하여

그래 그리 쉽지 않겠지
멋진 나무가 되는 건
하지만 얼마나 큰 나무가 될지
모르는 거잖아

- 김혁균(2024년 1학년)

풀 한 포기를 보며 나무를 생각하고, 어른이 되어가는 모습을 생각하는 혁균이. 정말 조용한 친구인데 이렇게 속 깊은 이야기를 내놓아서 많이 놀랐습니다. 알고 보니 초등학교 때 동시를 잘 썼던 아이였다고 합니다. 혁균이의 다음 시가 기다려지는 이유는 그 마음속에는 이미 한 사람의 철학자가 조용히 깃들어 있기 때문입니다.

새학기

누구나 느꼈을 그 감정
떨리는 마음을 주체하지 못해
쏟아지는 햇빛이
나를 반기네

- 이예림(2023년 2학년)

즐거운 방학의 끝자락에서 일상으로 돌아가는 아쉬움보다 학교를 그리워하는 설렘이 컸던 예림이. 그 아이의 마음속에 효돈중학교가 얼마나 따뜻하게 자리 잡고 있는지를 보여주는 디카시입니다. 이런 학교가 있을까요? 네, 있습니다. 바로 이곳, 효돈중학교입니다.

찰칵, 여기 마음 하나

기회

두 마음이
평행선을 달린다

소리 없이 강한 힘이
요란스런 핑계를 밀어낸다

가보지 않고 말하지 마라

- 송미혜(교장)

아이들은 요구도 참 많습니다. 학교에 클라이밍 장을 만들어 달라고 하다니. 정말 어렵게 학교에 작은 클라이밍 장을 만들었습니다. 클라이밍 하는 아이들을 보며 꼭 해주고 싶은 말을 디카시로 전합니다. 아이들이 망설일 때, 핑계를 밀어낼 수 있는 소리 없이 강한 마음을 가졌으면 좋겠습니다.

3부 바람이 물들인 마음

3부 바람이 물들인 마음

고요한 안부

태양을 대신해

  찰칵, 여기 마음 하나

태양을 닮은

어쩌면 지구에 오고 싶은

너를 대신해 온 것일지 몰라

유가연
2021년 1학년

휴식

찰칵, 여기 마음 하나

비가 와서 나뭇잎도 지쳤는지

잠시 물놀이를 합니다

김서연

2022년 1학년

소소한 행복

찰칵, 여기 마음 하나

비 온 뒤 개구쟁이 물방울들

슬라이드 타러 모여있다

이제 내려간다

야호!

한지우

2022년 1학년

웃음꽃

하루 종일 눈물을 쏟다가

이젠 괜찮아진 듯

다시 미소 짓네

유다현
2023년 2학년

산책

찰칵, 여기 마음 하나

나뭇잎 사이에는 귤

밤하늘 사이에는 달

김지우
2022년 3학년

연예인

 찰칵, 여기 마음 하나

찍지 마! 하며 피하다가도

카메라를 들이대니

활짝 웃는다

오수민
2024년 1학년

시처럼 너도

잎이 없어도

모양이 이쁘지 않아도

존재만으로 상징이 된다

너도 존재만으로

누군가에겐 힘이 된다

김하윤
2023년 2학년

블루홀

튜브 하나 띄워놓고

둥둥 떠다니고 싶은

블랙홀도 화이트홀도 아닌

시원한 호수 같아서

허숨비
2023년 1학년

국가대표

비 오는 날 아침 일찍

멀리뛰기를 한다

어떻게 잘 뛰는지 물어보려는데

부끄러운지 도망친다

김인하
2024년 1학년

예술 작품

자연이 미술관을 차렸다

그 누구도 흉내 낼 수 없는

고현
2023년 2학년

고요한 선물

 찰칵, 여기 마음 하나

어, 여기 있었구나!

그윽한 향내와 겸손한 자태로
불안과 걱정의 나날을
어루만져 주는

그대

오화진
선생님

이별 준비

후 하고 부르면

깜짝 놀라 달아날까

가만히 숨죽여 지켜만 본다

너의 새침한 얼굴

강정아
학부모

코끼리가 바라던 세상

찰칵, 여기 마음 하나

공기에 숨어사는 나쁜 병들을 다 먹어치워서
결국 자신의 팔다리를 잘라내야 했던

지켜왔던 것, 지켜주던 것들 다 떠나보내고
코도 막아버린

그래서 공기가 좀 깨끗해졌을까?

강민경
2024년 1학년

나의 바람

찰칵, 여기 마음 하나

깨끗해져라

깨끗해져라

먹을 수 있을 때까지

모든 돌들이

마실 수 있을 때까지

유가윤
2023년 1학년

바톤터치

학원에 지쳐 집에 가던 길

해도 지쳐 달에게 바톤을 넘기네

해는 빛을 몰고 가고

달은 밤을 부르네

김병욱

2022년 1학년

구름의 옷장

찰칵, 여기 마음 하나

항상 하얀색인 줄만 알았던 구름

따뜻한 주황색을 입었다

특별한 날이었나 보다

내일은 무슨 색을 입고 있을까?

송은주
2023년 2학년

그라데이션

찰칵, 여기 마음 하나

분홍색 저녁이 온다

낮이 눈치를 본다

서로를 밀어내고 있다

김태희

2022년 3학년

개성

찰칵, 여기 마음 하나

딱 맞지 않아도 돼

작으면 좀 어때
커도 괜찮아
튀어도 좋아

존재하는 것에는 나름의 이유가 있으니까

송미혜
교장

3부

바람이 물들인 마음
고요한 안부

태양을 대신해

태양을 닮은
어쩌면 지구에 오고 싶은
너를 대신해 온 것일지 몰라

- 유가연(2021년 1학년)

"태양을 대신해 왔습니다."

이 얼마나 아름다운 인사일까요. 감귤이 익어가는 마을에서 햇살을 품은 열매 하나가 찾아온 것처럼 이 디카시는 효돈중학교 디카시 여정의 시작을 환하게 밝혀 주었습니다. 2021년 감귤박람회에서의 수상은 효돈중학교의 디카시 행보에 큰 용기를 주었습니다.

찰칵, 여기 마음 하나

시처럼 너도

잎이 없어도
모양이 이쁘지 않아도
존재만으로 상징이 된다

너도 존재만으로
누군가에겐 힘이 된다

- 김하윤(2023년 2학년)

우리 학교의 상징인 담팔수의 잎이 떨어질 때, 하윤이는 아픈 담팔수 사진을 찍고, '존재만으로 상징이 된다'고 시를 썼습니다. 담팔수를 위한 애잔한 안부였고, 동시에 우리 모두에게 전하는 위로였습니다. 담팔수는 회생하지 못했지만, 많은 아이들의 마음속에 여전히 큰 나무로 남아 있습니다. 이처럼 아이들의 시는 현실을 다독이며, 다시 나아가게 하는 힘을 가지고 있습니다.

국가대표

비 오는 날 아침 일찍
멀리뛰기를 한다

어떻게 잘 뛰는지 물어보려는데
부끄러운지 도망친다

- 김인하 (2024년 1학년)

어느 날 아침 생물학자가 꿈인 인하가 두 손을 포개어 나에게 오더니, '우리 학교 운동장은 환경이 좋은가 봐요. 여기 개구리'하며 손을 내밀었습니다. 개구리가 그 손 위에서 편히 있다가 폴짝 뛰어 달아났습니다. 인하는 이 장면이 계속 마음에 남았겠지요. 아이의 시선에서 태어난 생명의 움직임은 자연과 함께 뛰노는 감동을 주는 디카시가 되었습니다.

찰칵, 여기 마음 하나

개성

딱 맞지 않아도 돼

작으면 좀 어때
커도 괜찮아
튀어도 좋아

존재하는 것에는 나름의 이유가 있으니까

- 송미혜(교장)

　수박 한 조각을 보면서도 아이들을 떠올리는 사람. 저는 천생 선생인가 봅니다. 더는 하나의 잣대로 아이들을 재고 싶지 않습니다. 빠른 아이와 느린 아이가 함께 공존하고 서로 인정하고 배려하는 곳, 학교에서부터 시작하겠습니다. 아이들의 개성을 존중하며 그들이 존재하는 것에는 큰 귀함이 있다는 것을 깨달으며 한 줄의 시가 모든 아이들을 향한 존중의 다짐이 되기를 바랍니다.

4부 꽃 피우는 마음

단단해지는 조각들

4부 꽃 피우는 마음

피아노처럼

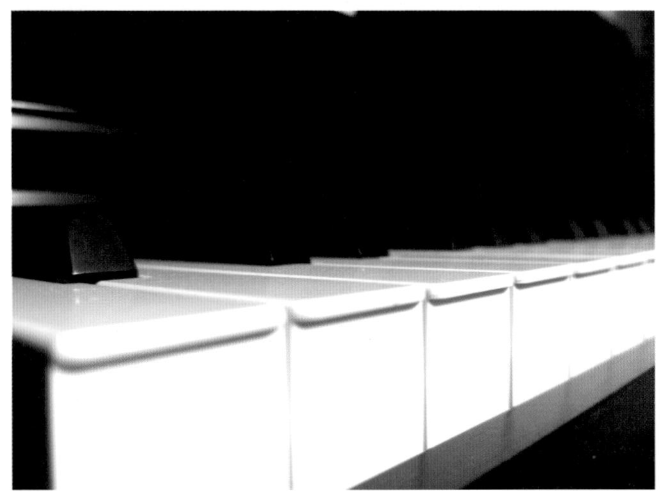

남들이 손가락질하며

자신을 짓눌러도

그것을 자신만의 소리로 바꾸어

인생이란 악보를 채워나가는

강진우

2022년 3학년

보이는 향기

향기가 멀리 간다

그날의 향기는 사라졌지만

어떤 향기는 눈에 보이기도 한다고

강보미
2023년 2학년

패션(Passion)

초록색 스웨터에 붙은

붉은색 실밥 하나

열정도 패션(fashion)이다

현서원
2024년 2학년

돌의 다짐

찰칵, 여기 마음 하나

특별하지 않아도

마음먹은 대로 되지 않아도

나는 믿어

빛나는 보석이 될 수 있다고

김예리

2024년 1학년

너처럼

찰칵, 여기 마음 하나

잎은 흔들려도

뿌리는 땅을 놓지 않는다

이채은
2024년 1학년

시련의 계절

봄이 되어 있을 때

그 짐이 녹으면

조금 더 성장하겠지

홍대영
2023년 3학년

어떤 우정

수고했어, 여기 선물

유가희
2024년 1학년

파란 하늘

154

뭉게구름처럼 번졌던 우리

햇살처럼 빛나던 우리

때론 비가 오고 바람도 불었지만

지금 돌아보니

언제나 우린 파란 하늘이었구나

김혜찬
2023년 3학년

아름다운 도전

찰칵, 여기 마음 하나

푸른 바다를 헤엄치는 것처럼

거친 물살을 헤쳐 나가는 것처럼

세상을 향해 힘껏 부딪혀봐

당당하게

김완숙
선생님

꿈

찰칵, 여기 마음 하나

엄청 엄청 무거워서

큰 파도가 쳐도

휩쓸려가지 않을 거야

너는 단지 소중히 품고 있으면 돼

윤기은
2022년 3학년

귤 맛 노을

노을은 마치 귤 즙을 하늘에 짠 것 같다

하늘에서 귤 즙을 먹으며 자면

어떤 꿈을 꿀까

또 어떤 생각이 들까

참 궁금해

정시아
2024년 효돈초 2학년

지금 여기 우리

찰칵, 여기 마음 하나

사소한 것에도 깔깔대던 사람

미워도 사실은 밉지 않던 사람

까맣게 잊고 살다

문득 떠올라

멍하게 만들 사람

김세호
선생님

#가능성#희망#행복

찰칵, 여기 마음 하나

그것은 지천으로 피어 있다.

잡히지 않는 머-언 무언가를 쫓느라

지척에 핀 그것을 미처 보지 못했을 뿐

이제, 고개를 내려 음미하자

강미주
선생님

내 나이가 어때서

찰칵, 여기 마음 하나

너와 마주한 순간,

숨 가쁘게 지나쳐 온 무표정의 시간들을

발끝으로 지그시 누르고

차창 밖 살랑거림에 손을 내밀면

온기 가득 울려 퍼지는 희망의 콧노래

강정아
학부모

길 잃은 빛이 올 때까지

찰칵, 여기 마음 하나

두 주먹 불끈 쥐고

가시밭길을 오른다

수없이 꺾여도

그저 묵묵히 살아낸다

김정미
학부모

저 길 끝에서

찰칵, 여기 마음 하나

길을 따라 걷다 보면

아픔도, 슬픔도, 걱정도 스쳐가고

평온을 만나겠지

바람도, 비도, 눈보라도 스쳐가고

비로소 만나겠지 너를

권회경
학부모

미련

진하게 머물다
사라진 듯하지만
희미하게 남아있는

너는 알까?
그게 너란 걸

송미혜
교장

꽃 피우는 마음
단단해지는 조각들

피아노처럼

남들이 손가락질하며
자신을 짓눌러도
그것을 자신만의 소리로 바꾸어
인생이란 악보를 채워나가는

- 강진우(2022년 3학년)

피아노 건반 위에서 삶을 노래한 진우의 디카시는 깊은
울림을 안겨주었습니다. '인생이란 악보를 채워가는 것'
이라며 자신의 삶을 음악으로 풀어냈습니다. 피아노를
잘 치는 진우는 피아노 속에서 자신을 표현하였고, 따뜻한
감성까지 보여주었습니다. 디카시를 읽으면 그 시를 쓴
아이가 보입니다. 디카시 덕분에 아이들을 더 깊이 이해
하고 더 따뜻하게 바라보게 됩니다.

돌의 다짐

특별하지 않아도
마음먹은 대로 되지 않아도
나는 믿어
빛나는 보석이 될 수 있다고

- 김예리(2024년 1학년)

"예리야, 좀 더 예리해도 돼."라고 얘기하면 씨익 웃고
마는 친구. 조심스럽고 차분한 예리는 마음먹은 대로 되지
않더라도 자신을 믿겠다는 단단한 디카시를 썼습니다.
'빛나는 보석이 될 거야.' 그 한 문장 속에는 수없이 넘어진
날들과 다시 일어난 용기들이 고스란히 담겨 있습니다.
아이들이 마음에 품고 있는 믿음을 향해 계속 나아갈 수
있게 우리 어른들이 동행해야 한다는 다짐을 하게 만드는
시입니다.

시련의 계절

봄이 되어 있을 때
그 짐이 녹으면
조금 더 성장하겠지

- 홍대영(2023년 3학년)

'아프니까 청춘이다.'라고 하지만 청춘이 아프지 않기를
바라는 마음이 간절합니다. 그러나 예기치 않게 삶은
아픔을 안고 찾아오기도 합니다. 그래도 봄은 옵니다. 대영
이는 봄이 되면 녹는 눈이기에 조금 더 성장할 거라는
용기를 보여주고 있습니다. 그렇게 아프다가도 훌훌 털고
일어나 더 씩씩하게 커가는 아이들이 되기를 기도해
봅니다.

찰칵, 여기 마음 하나

미련

진하게 머물다
사라진 듯하지만
희미하게 남아있는

너는 알까?
그게 너란 걸

- 송미혜(교장)

　4년간 효돈중학교에서 디카시의 씨를 뿌리고 설렘으로 싹을 틔우고 이제 제법 나무로 자라고 있는 모습을 보면 가슴이 뭉클해집니다. 디카시로 만난 많은 이야기들이 진하게 머물러 있다가 시간이 지나고 사라진 듯하겠지만 우리들 마음속에 영원히 남아 있을 겁니다. 효돈중학교와 관계한 모든 것들과 함께.

찰칵, 여기 마음 하나

2025년 8월 9일 초판 1쇄 발행

지은이   송미혜 외
기획   고민지
펴낸이   김영훈
편집   김지희
디자인   이은아
편집부   부건영, 김영훈
펴낸곳   한그루
            제주특별자치도 제주시 복지로1길 21
            전화 064-723-7580   전송 064-753-7580
            전자우편 onetreebook@daum.net 누리방 onetreebook.com

ISBN 979-11-6867-229-1 [43810]

ⓒ 효돈중학교, 2025

값 12,000원